丹沢山麓・童話集 2

なべわり山のふうたろう

山田吉郎

目次

表紙・挿し絵：西巻一彦

なべわり山のふうたろう

　なべわり山のてんぐの子のふうたろうは、こまってしまいました。

　秋のあたたかな日ざしにさそわれて、てんぐ小がっこうのまどからぬけだすと、ふわふわと、そらのさんぽにでかけました。あんまりきもちいいもので、とどろく谷でひとねむりしているうちに、てんぐのとぶ力のもととなる風のふくろを、だれかにぬすまれてしまったようです。

　サッカーボールくらいの風のふくろですが、そのなかには、小さなたいふうの雲をふきとばすくらいの風がつめこまれているのです。てんぐ小がっこうの四ねんせいになると、ひとり一こもらえる風のふくろです。

「こまったなあ……」

　ふうたろうは、とどろく谷の石のうえの、カメにつぶやきました。

　カメはあたまを、こうらにひっこめるようにして、いいました。

「なんとかなるさ。あと十ねんもまてば、風のふくろのほうから、かえってくるさ」

「十ねんもまったら、おなかがへって、くたばっちまう」

それから、ふうたろうは、小さなたきのところまでゆくと、水をのんでいたスズメの子どもたちにききました。

「おまえたち、このおれの風のふくろをしらないかい」

「チュチュン、チュン、あんたがひるねをしているうちに、風のふくろは、かってにとびあがって、なべわり山へかえっていったよ、チュチュンチュン」

「なんだって！」

ふうたろうは、とどろく谷からはみえないけれども、なべわり山のほうをむいて、なんどもなんどもとびあがりました。

そのうちに、日がくれて、さむい風がふいてきました。

「ああ、おなかへったなあ。さむいなあ。いまごろ、みんなは、たき火にあたって、おいしいだんごを、たべているだろうなあ」

ふうたろうは、とどろく谷のおくへ、おくへと、あるいてゆきました。やがて、しげみのむこうに、くらく、おおきな、ほらあながみえ、そのまえにたき火があかくもえているのが、みえました。

ふうたろうが、しげみをかきわけながら、ちかづいてゆくと、そこには、だるまがひとり、火にあたって、うまそうに、もちをたべていました。

「おい、そこのだるま、このおれの、風のふくろをしらないかい」

「なくしたのかね」

「かってに、なべわり山へ、とんでったみたいだ」

「そりゃ、きのどくだね」

だるまは、やきたてのもちを、フーフーふいて、さらにのせると、てんぐのふうたろうにさしだしました。

「てんぐくん、はらがへったんだろう、くいたまえ」

「これは、ありがたい」

ふうたろうは、ふうふういいながら、もちをほおばりました。

たべおわると、ふうたろうは、いいました。

「風のふくろを、どうしたら、とりもどせるでしょうか」

「そんなこと、かんたんなことじゃ」

だるまは、そういうと、口（くち）をへのじにむすんで、

「こうすりゃ、いいのさ」

だるまはゴロリゴロリと三かいでんぐりがえりして、さかだちになると、えいっと、とどろ

く谷をひっくりかえしました。

「えっ？」

とどろく谷の森(もり)も、たきも、川も、がけも、もえているたき火も、みんなひっくりかえりました。

そして、てんぐのふうたろうも、ひっくりかえりました。そらと、じめんが、さかさまになり、ふうたろうは、そらのほうへ、すべりおちてゆきました。すると、ちょうどふいてきた、ひがし風にのって、ふうたろうは、くるくるかいてんしながら、なべわり山のほうへ、ふきながされてゆきました、とさ。

そのあと、ふうたろうは、どうしたのかって。

なべわり山の木のえだにひっかかった、ふうたろうのところに、どこからか、風のふくろがうかんできて、ふくろのほっぺたをふくらますと、ビュルルルーと、ふうたろうに、ふきつけました。そして、ふうたろうは、ぶじに、なべわり山の小がっこうのこうていに、ドサリとおちることができました、とさ。

それからのふうたろうは、じぶんの風のふくろを、だいじにだいじに、せわをして、ねるときも、まくらもとにおいて、ふくろのあたまをなでてから、ねむったということです。

（おわり）

みずなし川の川太郎

　みなさんの、おとうさんのおとうさんが、子どものころのお話です。みずなし川に、すこしいたずらな、かっぱの子どもがすんでいました。かっぱの子どもは、ひとりぼっちで、大山やなべわり山が、すぐちかくにみえる、はしの下にすんでいました。

　この川がみずなし川というわけは、山からながれてきた水が、このはしのところまでくると、ときどきドロンときえてしまうから、つけられたそうです。

「そろそろ、川の水のおとが、いつもとちがってきたぞ」

　かっぱの子は、はしのしたの、ねぐらの穴から、かおをだして、ひとりごとをいいました。

　それから、とてもうれしそうに、にいっとわらいました。

　かっぱの子は、いつものように、おじいさんかっぱのおはかに、きゅうりのおそなえものをすると、ぽくぽくと、きゅうりをたべました。おじいさんかっぱは、三ねんまえになくなったのですが、かっぱの子は、きょうもげんきです。

　その日は七月十日、あとすこしで、なつやすみです。ひるころになると、がやがやと、がっこうからかえってくる、子どもたちのこえが、ちかづいてきました。

かっぱの子は、パッとはしの上(うえ)にかけあがると、子どもたちを、とおせんぼ、するように、手(て)をひろげました。そして、子どもたちにむかって、こえをあげました。

ケケケケケー。

「わあ、かっぱだ、かっぱの子の川太郎(かわたろう)がでたぞ」

子どもたちは、こえをはずませて、いいました。

「川太郎だ、にんじゅつを、みせるぞ」

ケケケケケー。

かっぱの子の川太郎は、うれしそうに、こえをあげました。でも、かっぱの子は、にんげんのことばが、はなせないので、子どもたちには、ケケケケケーと、きこえるばかりです。

それでも、川太郎は、うれしそうにこえをあげ、それから、はしの上で、クルリとちゅうがえりしました。

すると、どうでしょう。いままでながれていた川の水が、とつぜん、きえてしまったのです。

「わあ、水がきえたぞ、川太郎がにんじゅつを、つかったぞ」

子どもたちは、おおさわぎです。

川太郎もうれしくて、いっしょにとびはねていましたが、それからまた、クルリとちゅうがえりしました。

すると、どうでしょう。きえたはずの水が、川のずっとむこうの、ひくくなったかわらに、ボコッとまた、わきでてきたのです。

「わああ、川太郎がまた、にんじゅつをつかったぞ」

子どもたちは、もうおおよろこびで、はじめはこわがっていた川太郎にむかって、かけだしてきました。

ケケケケケー。

川太郎も、おおよろこびで、はしの上で三どめのちゅうがえりをしました。そして、おもいきりとびあがると、川の水がボコボコときえていく穴のなかへ、とびこんでゆきました。

こうしてときどき、川の水をけしたり、わきださせたりする川太郎のなまえは、村（むら）の子どもたちのあいだに、ひろまってゆきました。子どもたちがはしの上をとおるたびに、

「にんじゅつつかいの、川太郎やーい」

とよびかけるこえを、川太郎ははしの下のねぐらで、うれしそうにきいているのでした。

やがて、なつのおわりになりました。村の子どもたちは、うんどうかいや、えんそくのことを、たのしそうにはなしながら、川太郎のすむ、はしの上をとおってゆきました。たのしそうだなあ、とおもいながら、でも、川太郎は子どもたちのまえには、すがたを見（み）せませんでした。

というわけは、川の水のおとが、かわることがないのです。あの水がきえたり、あらわれた

りするとき、かならず水のおとが、いつもとちがってきこえるのですが、いまは、まったくかわりません。

これでは、にんじゅつがつかえないなあ。……川太郎は、ひとりごとをいいました。子どもたちのまえでは、いつもにんじゅつを見せなければいけない。そんなきもちで、川太郎のこころのなかは、いっぱいでした。

そんなある日のことでした。ゆうがた、ちいさなおとこの子が、ひとりではしの上にたっていました。おとこの子はなにもいわずに、はしの上から、じっと川の水を見つめています。

あの子も、おいらとおなじ、ひとりぼっちなんだなあ。川太郎は、そっとねぐらの穴からでると、川の水にとびこみ、すいすいとおよぎはじめました。

「あ、川太郎だ」

おとこの子が、小さなこえで、いいました。川太郎も、
ケケ。…

と、おとこの子とおなじように、小さなこえで、こたえました。

おとこの子は、はしの上から、からだをのりだすようにして、川太郎に手をふりました。川太郎も、水にもぐったり、いきおいよく、なみの上にとびあがったり、おどるように、およぎました。川太郎にとって、こんなふうに子どもとすごすのは、もちろんはじめてのことでした。にんじゅつをつかわなくても、子どもがよろこんでくれるのは、うれしいことでした。

それから、このちいさなおとこの子は、ときどき川太郎のところへ、やってくるようになりました。かっぱのだいすきな、きゅうりをもってきて、川太郎のおよぐ川になげてくれることもありました。

でも、おとこの子は、いつもひとりでした。また、いつも、ゆうがたにやってくるのでした。

あるとき、川太郎は、すこしいたずらしようかな、というきもちになりました。

おとこの子がはしの上までやってくるのがわかりましたが、わざとかくれていました。

「おおい、川太郎ー」

おとこの子は、いつもよりはおおきなこえで、川太郎をよびました。でも、はしのうらがわにかくれた川太郎は、だまっています。

「おおい、川太郎ー」

おとこの子のこえが、またきこえました。それからまた、三かいきこえました。

そろそろ、出てゆこうかな。川太郎は、そのようにおもいはじめたのですが、それから、ぱったりとおとこの子のこえが、きこえなくなりました。

しいんと、みみをすましてみましたが、やっぱりきこえません。

かえっちゃったのかな。

川太郎は、はしの下からからだをだすと、きょろきょろとまわりを、見まわしました。

でも、おとこの子は、どこにも見えません。川太郎は、はしの上にあがりました。

いつも子どもたちが、がっこうからかえってくる道(みち)や、いねかりのおわった田(た)んぼや、とおくの神社(じんじゃ)のもりを見わたしましたが、やっぱりどこにも、おとこの子のすがたはありません。

ケケ。…

川太郎は、さびしそうなこえをだしました。かくれたりしなければよかったな、とおもいました。

ケケ。…

とおくの空(そら)で、さびしそうにカラスが、ないています。

そうつぶやいて、川太郎は、はしの下のねぐらにもどろうとしました。

川太郎がねぐらまでくると、その入(い)り口(ぐち)の穴のところに、きゅうりが三ぼん、きれいにならべて、おかれていました。

あっ、あのおとこの子だな。

川太郎は、あわててまわりを見まわしましたが、やっぱりおとこの子のすがたは、どこにもありませんでした。

それから、あのおとこの子がやってくることは、ありませんでした。

やがて秋(あき)がおわり、木(こ)の葉(は)がちってゆきました。それから、つめたいこがらしがふいて、ふゆがやってきました。

あれから、川太郎はげんきがなくなって、村の子どもたちに、にんじゅつを見せることもありませんでした。

村の子どもたちも、それまでは、はしをわたるたびに「川太郎やーい」とこえをかけてくれたものですが、このごろでは、だまってはしをわたってゆくようになりました。

そして、すっかりふゆになりました。大山やたんざわの山やまは、雪（ゆき）のぼうしをかぶるようになり、みずなし川の水も、さむそうないろをしています。

川太郎は、ねぐらのまえの川ぎしに、ひざをかかえてすわり、ぼんやり川のながれを見ていることが、おおくなりました。

おいらの、どこがいけなかったのかな。……

こころのなかで、つぶやきました。べつに、おとこの子にいじわるしようとおもったわけじゃないんだ。かくれんぼをしたかっただけなんだ。……

ポチャン。……

そのとき、川でおとがしました。

ポチャン。……

おとのするほうに、目（め）をあげました。

ポチャン。……

またおとがして、水になにか小さなものが、なげ入れられるのが見えました。

はっとして、川太郎は、はしの上を見あげました。

あの、おとこの子が、川太郎にむかって、手をふっています。

「おおい、川太郎」

ケケケケケー、ケケ。

川太郎は、うれしくなって、こえをあげ、それから川にとびこんで、すいすいとおよぎはじめました。

すると、おとこの子が、さっきなげていたものを、またいくつかなげました。

ポチャン、ポチャチャン。チャン。……

川太郎は、からだをくるりくるりと、水のなかで、おどるようにおよぎ、おとこの子のなげ入れたものを、手にとってみました。それは、どんぐりでした。どんぐりを、おとこの子はポチャン、ポチャチャンと、川太郎になげてくれるのでした。

あの子は、おいらを、きらいになったんじゃなかったんだ。川太郎は、そうおもいました。

できれば、あの子とはなしをしたいのですが、にんげんのことばを、かっぱの子の川太郎は、はなせません。でも、川太郎は、すいすいとおよいでは、どんぐりをあつめ、おとこの子に見せています。

とおくで、お寺のかねがなりひびきました。カラスのこえが、さびしそうにきこえてきます。

ふゆのゆうがたは、くらくなるのが、はやいです。

川も、はしの上も、くらくなってきました。川太郎は、おとこの子がまた見えなくなるのが、しんぱいで、ときどきはしの上を見あげていました。

そのとき、ブオッブオ、ブオーと、とつぜん、たんざわの山のほうから、おおきな風のかたまりが、おしよせてきました。川のなみが、ドンブリ、ザンブリとゆれて、かっぱの川太郎も、まきこまれて、目をまわしそうになりました。

やっと水の上にかおをだすと、おとこの子が見えません。また、どこかにいってしまったのでしょうか。川太郎はいそいで川からあがると、がけをかけあがって、はしの上に出ました。のはらや田んぼ、とおくの村のほうまで、どこにも、おとこの子のすがたは見えません。ゆうやみがおりていましたが、川太郎はいっしょうけんめい、見まわしました。

風がまた、ブオッ、ブオーと、なべわり山のほうから、ふいてきました。その風のなかに、ふと、こえがきこえてきました。

川太郎、川太郎やーい。……

風のしっぽのような、こえです。

川太郎は、空を見あげました。

おおい。……

なべわり山のある西の空へむけて、大きな鳥のようなものが、とおざかってゆきます。川太郎にはよく見えませんでしたが、あの鳥のようなものから、おとこの子のこえはきこえてくるようです。

なべわり山のてんぐどん、だなあ。……

川太郎はふと、こえにだしていいました。そのしゃべりかたは、じぶんのおじいさんかっぱに、にていると、おもいました。あのおとこの子は、てんぐの子でしょうか。なべわり山の、てんぐ小(しょう)がっこうの子どもたちと、ともだちだったという、おじいさんかっぱ。そのおじいさんのおはかに、川太郎は、おとこの子からもらったどんぐりを、おそなえしました。それから、どんぐりをたべ、ねぐらにはいって、ゆっくりとやすみました。

ねどこで、うとうとしていると、みずなし川の水のおとが、すこしかわってきこえました。あしたは水がきえるぞ、とおもいました。

よし、あしたは、村の子どもたちのまえに出て、ひさしぶりに、にんじゅつを見せてやるぞ。

川太郎はそうおもい、にやにやしながら、ねむりました、とさ。

（おわり）

じいさんガマガエルと少年

大山のふもと、とどろく谷のおくふかく、ガマガエルのごんすけじいさんが、すんでおりました。もう五十ねんも生きている、この谷でいちばん、なが生きのじいさんでした。

ごんすけじいさんは、冬がちかづいてきたので、冬ごもりのしたくをしなければ、とおもいました。

谷川からすこしはなれたところに、小さな池があり、そのきしにたっている松の木のねもとが、ごんすけじいさんの冬ごもりのばしょでした。まい年、谷の木の葉がちりつもるころになると、この木のねもとを、せっせとほって、土のなかにふかくもぐりこみ、冬ごもりをするのです。

ところが、ことしは、ちょっとこまってしまいました。ごんすけじいさんは、大きなからだをゆらしながら、のしのしと、松の木のねもとまで、あるいてきたのですが、なんといつもの冬ごもりのばしょに、ちいさなおとこの子がいたのです。

おとこの子は、松の木のそばのたいらな石にこしかけて、つりをしているようでした。ガマガエルのごんすけじいさんは、おとこの子に見つからないように、そっと松の木のねもとのくさむらにかくれ、じっとしていました。いつも、のそのそあるきの、ごんすけじいさんですから、うごかないでじっとしているのは、すきでした。ちょうど日だまりになっているくさむらのなかで、ごんすけじいさんは、きもちよさそうに、うとうとして、一じかんがたちました。

でも、おとこの子は、おなじように、つりをしています。

また、一じかんが、たちました。でも、おとこの子は、やっぱり、つりをしています。

ざわざわと風がふいてきて、たいようがかたむいてきて、くさむらの日だまりが、うすれてきました。すこし、さむくなってきました。

ごんすけじいさんは、おとこの子が、いつまでもつりをしているのが、ふしぎにおもえました。まだおさない、五つか六つのおとこの子です。まわりにおとうさんか、おにいさんがいても、おかしくはないのに、さっきからずっと、ひとりぼっちなのです。

とおいむかし、やっぱり、こんなふうに谷にまよいこんだ子どもがいたなと、じいさんは、ふとおもいました。

ぶわっと、谷の木々が風にふかれ、葉っぱがゆうだちの雨のように、ふってきました。

ガマガエルのごんすけじいさんは、さすがに、おとこの子のことが、しんぱいになってきました。だれか、むかえにきてくれないのでしょうか。

ごんすけじいさんは、おもいからだを、もちあげ、のそりと足をまえにだしました。

ガサリ、ゴソリと、しげみからはいだして、おとこの子のいる池のふちへと、むかいました。

けれども、おとこの子は、じっとつりざおをもったまま、うごきません。じいさんは、うしろから、おとこの子の足もとまでゆき、しゃがむと、おとこの子のせなかを見あげました。

そして、そっと、こえをかけました。

グゲ、グゲ、グググ。

おまえさん、どうしたんだい。……ガマガエルのごんすけじいさんは、そうこえをかけました。

ごんすけガマガエルのなきごえをきくと、おとこの子は、足もとを見ました。そして、こういったのです。

「ぼく、おとうさん、だいきらいなんだ」

ごんすけじいさんは、じぶんを見おろしているおとこの子にむかって、はなしかけました。

ググ、グブ、ブギブギ。きみは、もう、うちへかえらなくちゃ、いけないよ。

ごんすけじいさんは、そうこえをかけたのでした。

「そんなこと、わかってるよ！」

おとこの子のこえが、石ころのように、おちてきました。

ごんすけじいさんは、びっくりしました。じぶんのことばが、にんげんのおとこの子に、わかるのです。こんなことは、じいさんにとって、十ねんぶりくらいの、できごとでした。

あたりには、ゆうやみがおりてきました。おとこの子は、このまま、とどろく谷のなかで、夜をすごすことになるのでしょうか。それはこまるな。ごんすけじいさんは、おもいました。ガマガエルのごんすけじいさんは、のそりのそり、おとこの子とならんで、池のきしにすわりました。まえあしをきちんとそろえ、うしろあしをおって、おぎょうぎよく、すわっています。

そのまま、三十ぷんが、たってしまいました。

もう、あたりは、くらくなっています。夜のさむさが、とどろく谷にながれこんでいます。

ゲゲ、ブブ、ギグ。とうとう、夜になっちゃったね、とごんすけじいさんは、おとこの子に、はなしかけました。

おとこの子は、だまっていました。もう、つりざおも、そばのくさむらになげだして、たいらな石にこしかけ、じっと、まっくらな池の水を見つめているばかりです。

ググ、グブブブ。しようがないなあ、とガマガエルのごんすけじいさんは、いいました。それから、ゆっくりとまえにはいだし、池の水をのぞきこむと、ちょうど、にもつがおちるように、ボチャンとおとをたてて、おちてゆきました。

おとこの子は、はっとして、目をこすると、ガマガエルのおちた、すいめんを、じっと見つめています。

ガマガエルは、どこへいったのか、すいめんにでてきません。

「どこへいったの。ガマガエルさん。……」

おとこの子は、心ぼそそうなこえで、いいました。

そのときです。池の水にゴボゴボとなみがたって、うずをまきはじめました。ものすごい、きょだいな力が、わきでてくるようで、うずのまんなかは、へこんでいます。

おとこの子は、こえもだせず、ただじっと、すいめんを見つめているばかりです。

すると、まわりの木々が、いっせいによこになびいて、つよい風がふきはじめました。

「ああ……」

おとこの子は、おもわずこえをもらして、池のきしに、しゃがんでしまいました。

そのときです。ザザザザーッと、池のすいめんが山のようにもりあがり、むくむくと、大きななにかが、すがたを見せはじめました。ちょうど、せんすいかんが、うかびあがってくるみたいに、そのきょだいなものの上を、水がはげしくながれおちてゆきます。

それは、くろい、ごつごつした、小山のようなものです。

やがて、水がながれおち、くろい、きょだいなすがたが、おとこの子のまえに、はっきりとあらわれました。

そのきょだいな、くろいかたまりには、ギョロリとした目がふたつ、ぶきみなひかりをはなっています。

「うわあ！」

おとこの子は、おおごえをあげました。そのおとこの子のうえに、おおいかぶさるように、かいぶつはちかづいてきます。

「わあ、たすけてえ」

おとこの子のさけびごえが、谷じゅうにひびきました。

でも、かいぶつは、おとこの子のほうを見おろしたまま、うごきません。おとこの子も、ちょっとふしぎそうに、かいぶつを見あげています。

グブブ、グゲ。……

かいぶつの、こえがきこえました。

「えっ」

おとこの子はくびをかしげ、いいました。

「きみ、あのガマくん？」

ブブゲ、ググブ、ゲグ。……わしは、ガマガエルのごんすけじいじゃ。

こんどは、おとこの子にも、ガマガエルのことばが、はっきりとわかります。おとこの子は、きょだいな、ガマのごんすけじいさんを見あげながら、はなしかけました。

「ガマくん、どうして、そんなに大きくなれたの」

ググブ、ググ。……きょだいなガマとなった、ごんすけじいさんは、おとこの子にむかって、しずかにかたりかけました。

……小さいぼうずよ、ガマガエルはな、としをとって五十ねんも生きるとな、にんじゅつが

つかえるようになるのじゃよ。大ガマになって、りゅうや大クマとたたかったり、ドロンと、けむりをはきだしてきえたり、それから、にんげんたちをせなかにのせて、空もとべるのじゃ。さあ、ぼうずよ、このわしのせなかにのれ。わしがおまえを、おやじさんのところへ、つれていってやろう。……

「いやだい。……」

おとこの子は、小さいこえで、いいました。

ブブゲ！　なんじゃと、と大ガマのごんすけじいさんは、つよくいいました。

おとこの子は、びくっとして、ちょうど大雨のなかで、あたまをかかえるようなしぐさをしました。でも、それでも、

「いやだい、おとうさんなんて、だいきらいだい」

といいました。

ググブブ。……しようがない、ぼうずだなあ。それでは、ひとつ、おまえのおやじさんが、いまどうしているかを見せてやろう。

そういうと、大ガマのごんすけじいさんは、きょだいな口をひらいて、プカリと、白いけむりをはきだしました。

けむりは、白いヘビのように、なんびきもなんびきも、でてきて、くねくねと大ガマのあたまのうえに、うかんでいましたが、やがて一つの白いかたまりになると、とつぜん、おとこの

子におそいかかりました。そして、おとこの子のからだを、すっぽりとつつんでしまいました。

「あっ、おとうさん」

おとこの子は、とつぜん、こえをあげました。白いけむりのなかに、おとうさんのすがたが、うつっているようです。

大ガマは、だまって、ただ白いけむりを、はきだしつづけています。

「おとうさん、そのがけは、あぶないよ！」

おとこの子は、さけびました。

グブブ、グブ。……

大ガマは、おとこの子をなだめるように、こえをだすと、おとこの子をつつんでいた白いけむりのかたまりを、すごいいきおいで、すいこんでいきました。

「おとうさんが、あそこのがけから、おちそうだよ」

おとこの子は、大ガマにむかって、いいました。

グガガ。そうじゃ、ぼうずをさがしにきたんじゃ、と大ガマはこたえました。

「おとうさんを、たすけて！」

おとこの子は、ひっしで、さけびました。

ブゲブゲ、ゲガガガー。しんぱいはいらないよ、ぼうず。そら、わしのせなかにのれ。

大ガマのごんすけじいさんは、そういって、口からながい、とてもながいしたをだすと、おとこの子のまえにのばしました。

グガガ。さあ、のれ。

「うん」

おとこの子は、げんきよくこたえると、大ガマのしたがつくったさかみちをのぼって、大ガマのかたの上まで、たどりつきました。

ググーガ！

大ガマが、かみなりのような、するどいさけびごえを、あげました。

すると、ゴゴゴッとひくいうなりごえをだして、大ガマのからだが、じめんから、うきました。

ググ、ガガガー。ぼうず、ゆくぞ、しっかりつかまっておれ。

大ガマのごんすけじいさんは、そういうと、ぐいとあたまをおこし、空を見あげました。そして、つぎのしゅんかん、谷ぞこから、ブワワンと、風のうずがまきおこり、大ガマのからだは、空へとうかびあがりました。

「わあ、すごい」

おとこの子は、大ガマのかたの、イボイボにつかまりながら、こえをあげました。


空はもう、ほしが、いっぱいひかっています。でも、おとうさんがいる、けわしいがけが、どこにあるのか、くらくて見えません。

ガガガー。

大ガマは、きょだいな口をあけ、たいまつのように、きょだいな火（ひ）をふきました。

火にてらされて、谷のまわりの森（もり）が、あかるくてらされました。

「あっ、おとうさんが、いる！」

おとこの子が、さけび、ゆびをさしました。

けわしいがけのとちゅうに、おとうさんが、しゃがんでいるのが見えます。

「おとうさん、けがしたのかな」

ググ、ゲゲグ。しんぱいむようじゃ。大ガマのごんすけじいさんは、かたにのったおとこの子に、はなしかけました。ちょっと、足をくじいただけじゃ。

グガガ。……ところで、ぼうず、と大ガマはいいました。おやじさんを、がけの上のみちまで、あげてやらねばならんな。ぼうず、おやじさんのところまで、いってやれ。

「うん！」

おとこの子は、はっきりと、こたえました。

グガ。よし、わかった。

そういうと大ガマは、空にういていた、きょだいなからだを、がけの下のかわらに、ゆっくりと、ちゃくりくさせました。それでも、ちゃくりくしたときには、ズズズズーン。

と、ものすごい地ひびきがしたのでした。

そして、大ガマは、きょだいなかいじゅうが、しゅつげんしたときにだすような、
グワー、ガゴゴゴー！

という、こえのかたまりを、ふきだしました。

がけのとちゅうにいる、おとうさんは、もう、びっくりです。しりもちをついたまま、きょだいな大ガマを見つめています。

「おとうさん！」

おとこの子は、大ガマの、かたの上からさけびました。

グガガ。さあ、ぼうずよ、いってやれ。

大ガマはそういって、さっきのように、ながい、ながいしたをのばし、おとうさんがいるがけのところまで、さかみちをつくりました。おとこの子は、ぴょんと大ガマのしたの上にとびのると、うんどうかいのかけっこのように、手をしっかりふって、おとうさんのところへ、かけのぼってゆきました。

「おお、ひろし、さがしたぞ！」

おとうさんは、かけのぼってくるおとこの子のからだを、りょう手をひろげてだきとめ、おとこの子のあたまを、ごりごりとなでまわしました。

「おとうさん、この大ガマさんの、したにのって！」

「よし、きた」

おとうさんは、もう大ガマをこわがってはいません。なにかなつかしそうに見つめ、おとこの子の手をがっちりとにぎると、くじいた足をひきずりながら、大ガマのしたの上にのりました。

つぎのしゅんかんでした。大ガマのしたは、ぐんぐんちぢんで、おとこの子とおとうさんは、あっというまに、大ガマのかおのまえに、やってきました。

おとうさんは、大ガマのかおにむかって、おじぎをしました。それから、おとこの子のあたまをつかんで、おとこの子におじぎをさせました。

グブ、グブブブ。……おまえも、りっぱなおやじさんになったなあ。三十ねんぶりじゃな。

大ガマのごんすけじいさんは、ひくくこたえました。それから、したをゆっくりうごかして、ふたりをかたにのせると、
グワー、グガガガアー！

とこえをあげて、のっしのっしと、あるきだし、がけをのぼりはじめました。

「また、空をとべばいいのに」

おとこの子が、いいました。

ゲゲグ、ゲグ。としとって、空をとぶのは、しんどいのじゃ。大ガマはそういい、のっしのっしと、がけの土をくずしながら、上へ上へとのぼってゆきます。

やがて大ガマは、がけをのぼりきり、森のなかをガシガシとすすんでゆきました。そして、むこうのほうに、バスのとおるみちと、いくつかのいえのあかりが見えてきました。

するど、大ガマはとつぜん、たちどまってしまいました。

ゲグ。ここまでじゃ。大ガマはいいました。さあ、おりなさい。

大ガマのごんすけじいさんは、おとこの子とおとうさんをのせた、かたのさきを、ちかくの大いわのところに、ちかづけました。

「それ」

くじいた足をきにしながら、大いわにのりうつったおとうさんは、おとこの子に手をのばして、とびうつらせると、大ガマにむかって、手をふりました。おとこの子も、げんきよく、手をふりました。

ブブゲ、ググ。げんきでな、ふたりとも。

大ガマのごんすけじいさんは、そうこえをかけると、きょだいなからだを、ゆらしながら、谷のほうへとおりてゆきます。ズザザ、ザザと、がけのいわや土をくずしながら、谷ぞこへと、すがたをけしてゆきます。

その大ガマのすがたが見えなくなるまで、おとこの子とおとうさんは、大いわの上で見おくっていました。

とどろく谷の谷ぞこにかえった、ごんすけじいさんは、もう大ガマではなく、やきゅうのグローブくらいの大きさの、ふつうのガマガエルにもどっていました。

ガマガエルのごんすけじいさんは、いつものように、川からすこしはなれた小さな池にゆきぎしにはえた松の木のねもとへと、のろのろと、あるいてゆきました。

ねもとまでやってくると、ごんすけじいさんは、しばらくのあいだ、じっとうごきませんでした。いえ、うごけなかったのです。

グブブブ……。大ガマになるのは、しんどいのう。ごんすけじいさんは、つぶやきます。あの大ガマにへんしんするには、それはそれは、たいへんな力がいるのでした。

これから、ごんすけじいさんは、とうみんをするために、土をほって、土のなかでながい冬をすごすのですが、こんなにつかれていて、だいじょうぶなのでしょうか。

ググガ……。まあ、しかたがない。ゆっくりやすんでから、穴をほることにしよう。

ごんすけじいさんは、そうつぶやくと、松の木のねもとに、へたりとしゃがみこんで、しずかに目をとじました。

ざわざわと風が谷にふきこんできて、池の水になみがたちました。

ガマガエルのごんすけじいさんは、いまはもう、こうして石のようにじっとしていたいと、おもいました。五十ねんも生きてきて、こんなふうにおもったのは、はじめてのことでした。

あのおとこの子が、おとうさんとかえってゆくすがたを、おもいうかべながら、じっと石のようになって、とどろく谷の風のおとをきいているのでした。

（おわり）

なべわり山のかぜのすけ

なべわり山のてんぐの村に、大きな杉の木がたっていました。その杉の木のてっぺんに、てんぐの子のかぜのすけが、こしかけて、ぼんやり秋の夕空をながめています。西のあしがら山のほうから、もちのようにうまそうな雲がながれてきては、かぜのすけのあたまの上を、とおりすぎてゆきます。

かぜのすけのおなかは、さっきから、ぐうぐうとなっています。おじいさんてんぐと、ふたりぐらしのかぜのすけは、口うるさいおじいさんとけんかして、夕ごはんのまえに、ぷいと、いえをでてしまったのです。

もうかえってやるもんか、とおもいながら、杉の木のてっぺんで、あしがら山をにらんでいたのですが、いまではおなかもへって、ぼんやり、もちのような雲のながれをながめているのです。

「もう、かえってやるもんか」

かぜのすけは、もう一ど口にだしてつぶやき、それから、いつももっているてんぐのうちわをだして、ゆっくり、大きく、あしがら山をあおぐように、うごかしました。

すると、どうでしょう。てんぐの子のかぜのすけのからだが、ふわりとうかびあがり、なべわり山のてっぺんの、ずっとずっと上のほうへと、空をのぼってゆきます。

やがてかぜのすけは、なべわり山の空から、あしがら山をながめながら、

「これから、どこへ行こうかなあ」

と、つぶやきました。

そこへ、あしがら山のほうから、あしがら山にすむ、大わし(おお)がやってきました。大わしは、かぜのすけのまえにくると、ワッサワッサとはねをうごかしながら、うかんで、はなしかけました。

「かぜのすけ、どうしたのかね。じいさんは、げんきかね」

かぜのすけは、ぷいと、よこをむきました。

「ははあ、また、じいさんとけんかしたな」

かぜのすけは、よこをむいたままです。

「はらが、へっておるんじゃろう」

そういって、大わしは、かぜのすけのかおを、のぞきこみました。

かぜのすけは、だまったまま、こくんとうなずきました。

「そうじゃろうとも、さあ、かぜのすけ、わしのせなかにのれ」

大わしは、かぜのすけを、ひょいとせなかにのせると、ワッサワッサとつばさをうごかし、

あしがら山へとむかってゆきました。

てんぐの子のかぜのすけをのせた大わしは、あしがら山のまうえにくると、三かいくるくるくるとまわり、それから空のすべりだいをすべるみたいに、谷ぞこへとおりてゆきました。

谷川には、火があかあかともえて、もちをやく、いいにおいがただよっていました。

「かぜのすけ、しばらくじゃのう」

もちをやいている、大きなまるいせなかが見え、くるりと、かぜのすけをふりかえりました。

それは、だるまでした。だるまは、赤いきものに赤ずきんをかぶり、くろいまんまるの目を、かぜのすけにむけました。

「ほれ、くえ」

そういって、だるまは、うまそうなもちが三このった皿を、ぬっとさしだしました。

おなかのすいていたかぜのすけは、皿のうえのもちを一こつかむと、モシャモシャとたべてしまいました。そして、二こめのもちをつかむと、これもうまそうに、ペロリとたべてしまいました。

そして、三こめのもちに、かぜのすけが手をのばそうとしたときでした。

「ちっと、またっしゃい」

だるまの、ふといこえがしました。

「三こめのもちをくうと、おまえさん、カメになるぞ」

「えっ、カメだって」

かぜのすけは、手につかんでいた三こめのもちを、皿にもどしました。

「カメになったら、なべわり山にかえるのは、たいへんじゃろ」

だるまのこえに、かぜのすけは、いいました。

「カメじゃあ、空はとべないんだなあ。それはつまらない」

「だから、三こめのもちを、くってはならんのじゃ」

だるまは、きっぱりといって、皿にのっている三こめのもちをつかむと、じぶんの口のなかに、パクリといれてしまいました。

「なんだ、カメにならないじゃないか」

かぜのすけは、口をとがらせて、いいました。

「ダルマは、カメにはならんのじゃ」

そういって、だるまは、かぜのすけのそばに、こしをおろし、かぜのすけのかおを、のぞきこむと、

「ところで、かぜのすけ、じいさんはげんきか」

かぜのすけは、だまりました。

「また、じいさんと、けんかしたな」

だるまは、ぎょろりと、まんまるのくろい大きな目で、かぜのすけを見ました。

「じいさんも、いい年じゃ。あんまりわがまま、いうんでない」

「じいさんが、うるさいんじゃ」

かぜのすけは、ぷいと、よこをむいてしまいました。

だるまは、しようがないやつじゃ、とつぶやくと、かわらをごろりごろりと、ころがって、たいらな石の上にすわり、そのままじっとうごかなくなりました。

だるまは、夜のざぜんを、はじめたのでした。もう、あしたのあさまで、うごくことはありません。

かわらで、もちをやいていた、たき火もきえかけて、かぜのすけは、やっぱりおなかがへって、さびしくてなりませんでした。

そばにいた大わしが、いいました。

「かぜのすけも、こまったやつじゃのう。さっき、さっさと三こめのもちをくって、カメになっとけばよかったのさ」

「カメは、いやだよ」

「だいじょうぶ。あしたのあさには、またてんぐに、もどっていたさ」

かぜのすけは、かわらにしゃがんで、すっかりくらくなった、川の水をながめています。

そのときでした。とつぜん、谷の上の空に、ゴーッとすごいおとがしました。夜のくらやみに、いなびかりがはしり、風(かぜ)がザーッと、おとをたてて、ふきおろしてきました。

その風は、きょだいな手となって、かぜのすけを、がしっとつかまえると、空の上までひっぱりあげました。

「わああ」

かぜのすけは、大ごえをあげました。

「いったい、おまえは、だれなんだあー」

かぜのすけのこえは、もうかすれています。

それから、きょだいな風の手は、かぜのすけをおもいっきり、ほうりなげました。あしがら山から、なべわり山へむかって、どーんと、なげつけたのです。

「ヒエーッ」

ひめいは風にふきちぎられて、かぜのすけの目には、くろぐろとした、なべわり山が、みるみるちかづいてきます。

なべわり山のてんぐの村(むら)の、大きな杉の木が、かげぼうしのように見えてきます。その木めがけて、かぜのすけはつっこんでゆきます。

そして、その杉の木のえだの上には、ちょうちんが一つともり、かぜのすけのおじいさんてんぐが、大きなうちわをもって、たっていました。

かぜのすけのからだは、ものすごいはやさで、杉の木にちかづき、いまにもぶつかりそうです。

そのときでした。

杉の木の上のおじいさんが、大きなうちわをユサリユサリと、うごかしたのです。

すると、どうでしょう。かぜのすけのからだは、見えないくうきのかべにあたったみたいに、くうちゅうでとまってしまいました。それから、ゆっくりと杉の木のえだに、おりることができたのです。

きょろきょろとまわりを見まわしているかぜのすけに、おじいさんてんぐの、かみなりのような、ごろごろごえがひびきました。

「こら、かぜのすけ、夕めしもくわんで、なにしとったんだ。よりによって、だるまのところへいくとは、こまったものだ」

「えっ」

かぜのすけは、おじいさんてんぐのことばに、おもわずききかえしました。

「じいさんは、だるまさんとは、なかがわるいのか」

「なかがわるいもなにも、子どものころから、なべわり山の空で、大わしにのっただるまと、チャンバラをしておったのじゃ」

「へえー」

かぜのすけのこえは、なべわり山の空にひびきました。

「そりゃあ、けんかともだちじゃないか」

「ちがうわい」

おじいさんてんぐは、うちわをユサリとうごかしました。

たちまち、たいふうのような風が、かぜのすけにぶつかり、かぜのすけは杉の木のえだから、またふきとばされてしまいました。

「わあー、じいちゃん、やめてくれえ」

かぜのすけのからだは、三十三かいくるくるくると、夜空（よぞら）のかいだんをころがると、ポトリとかぜのすけのいえのにわに、おちました。

それから、いえにはいった、かぜのすけとおじいさんてんぐは、おそい夕ごはんをなかよくたべました。そして、いろりの火にあたりながら、おじいさんは、むかしむかしのだるまや、大わしのわるくちを、とてもたのしそうにはなしてくれました。かぜのすけは、おじいさんてんぐのわるくちに、うんうんと、うなずきながら、きいていました。

やがて、いろりの火が小さくなると、いろりのそばにふとんを二つ、ならべてしき、なかよくねむりました、とさ。


（おわり）

てんぐの子どものみみたろう

みなさんのおとうさんのおとうさんが、まだ子どものころの、おはなしです。

なべわり山のふもとの谷に、てんぐのいえが、一つだけありました。この丹沢山地のてんぐたちは、ふつうはみんな、なべわり山の上のほうにすんでいるのですが、ちょっとわけがあって、このいえにすむかぞくだけは、谷ぞこふかくに、かくれるように、くらしているのでした。

このてんぐの一家は、おとうさんとおかあさん、それにおとこの子の、三人ぐらしでした。

さて、はるになると、あたたかい風が空をかけめぐります。なべわり山のてんぐの子どもたちは、てんぐのうちわをじょうずにつかいながら、風のせなかにのって、たのしそうにとびめぐります。

谷ぞこにすむてんぐのおとこの子は、なまえを、みみたろうといいました。うまれたとき、とてもりっぱな、しあわせになるといわれる、おおきなみみをもっていたので、おとうさんがそうつけたのだそうです。

でも、みみたろうがうまれてからしばらくたって、おとうさんはてんぐの村にいられなくなり、この谷ぞこへ、ひっこしてきたのでした。

みみたろうは、きょうも、はるの空をとびめぐるてんぐの子どもたちのすがたを、じっとながめています。

とてもたのしそうなようすを、ながめているうちに、みみたろうは、じぶんのてんぐのうちわを、ゆっくりとあおぎはじめました。いつもおとうさんからは、てんぐの村の子どもたちとあそんではいけないと、いわれているのでしたが、もうがまんができませんでした。

みみたろうは、うちわをもつ手にちからをこめると、えいっと、大きく、つよくうちわをふりました。

ゴゴゴーッ！

たちまち、つよい風がじめんからわきあがり、その風のかたまりにとびのって、みみたろうは、谷の空たかく、とびたちました。


はるの大空では、てんぐの村の子どもたちが、おいかけっこをするように、とびまわっています。とてもきもちよさそうで、みみたろうは、とおくからじっとながめています。

こんなみみたろうを、どうおもいますか。

おとうさんのいったとおりに、てんぐの村の子どもたちと、あそんではいけないのでしょうか。

そのときです。

おおきな風のかたまりが、ブオオン！とふいてきて、みみたろうを空のまんなかへと、ふきとばしました。

くるくるくる、とかいてんして、きがつくと、てんぐの子どもたちのあそぶまんなかにいるのでした。

「よう、なかまがふえたぞ！」

てんぐの子どもたちは、つぎつぎにとんできては、みみたろうにこえをかけてゆきます。

「これから、にんげんの子どもたちに、いたずらをしにゆくところだ。おまえもゆこうぜ」

てんぐの子どもたちのガキだいしょうが、みみたろうにいいました。

みみたろうは、ちょっとびっくりしましたが、げんきよく、うんとうなずきました。ガキだいしょうは、それっ、といって、みみたろうの手をつかみ、ぜんそくりょくで、とびはじめました。

やがて、村の小がっこうがみえてきました。ちょうど、がっこうがえりの子どもたちが、ばらばらとあるいてくるところです。おんなの子たちがかたまって、はしの上をあるいています。

てんぐの子どもたちは、ようし、といって風のせなかにまたがり、はしをめがけて急こうかしてゆきます。そして、はしの下をくぐってから、グワンッととびあがり、おんなの子たちのよこから、おしよせました。

「きゃあ」

おんなの子たちは、かみの毛やスカートをバタバタと、ふきあげられました。ちかくをあるいていたおとこの子たちも、ぼうしをふきとばされ、あわてておいかけています。

「なべわり山の風っこは、おっかねえなあ」

子どもたちは、なべわり山をみながら、いいあっています。にんげんの子どもたちには、空をとぶてんぐの子のすがたはみえないので、風のつよいことをいいあっているのです。でも、なかにはなん人か、てんぐのすがたがみえるらしく、

「てんぐの子のしわざだあ」

とひそひそいいあっている子どもたちもいます。

それからも、てんぐの子どもたちは、つよい風をおこして、すなぼこりをばらまいたり、ちかくのいえのせんたくものをふきとばして、村の子どもたちのかおにひっかけたりと、いたずらをしてすごしました。

やがて、てんぐの子どもたちは、なべわり山の空にもどってきました。

「ああ、おもしろかった」

みみたろうは、みんなと空にうかびながら、いきをはずませて、いいました。

「あしたも、あそぼうぜ」

てんぐのガキだいしょうは、カラカラとわらいながら、みみたろうにいい、みみたろうのかたをたたきました。

そのとき、とおくのほうから、なかまのてんぐの子がちかづいてきて、いいました。

「おまえ、みなれないかおだなあ。もしかして、あの谷ぞこにすんでいるみみたろうとは、おまえか」

「うん。……」

みみたろうは、なにか、しんぱいそうにこたえました。

「やっぱり、そうか」

ガキだいしょうは、うなずいていいました。

みみたろうのまわりには、だんだんと、てんぐの子どもたちがあつまってきました。

「おれのおやじがいってたぞ。おまえのとうちゃんは、わるくないって。もう村へかえってこい、といってたぞ」

ガキだいしょうが、いいました。

「うん。……」

みみたろうはうなずきましたが、やっぱりちょっとしんぱいで、ガキだいしょうのまわりの子どもたちを、ちらっとみまわしました。

やがて、なべわり山のちょうじょうのほうから、つめたい風がふいてきました。からすのむれが、なきながらとおりすぎてゆきます。

てんぐの子のガキだいしょうが、みみたろうのかたをたたきながら、げんきなこえでいいます。

「みみたろう、あしたも、あそぼうな。きょうとおんなじように、なべわり山の上の空でまってるぞ」

「うん」

みみたろうは、ガキだいしょうのこえにはげまされて、こたえました。

そのときです。なべわり山のほうから、つめたいおおきな風のかたまりが、てんぐの子どもたちにむかってふきつけてきて、みんなは、くるくるくるっと、はっぱみたいにちらばってしまいました。

「なべわり山のかあちゃんが、はやくかえれって、おこってらあ」

「とうちゃんが、こわいぞ」

そうくちぐちにいいながら、みんな、なべわり山へむかって、かえってゆきました。


みみたろうは、ひとりで谷ぞこのいえにかえってゆきました。そして、おとうさん、おかあさんと、ばんごはんをたべているとき、きょうのできごとを、はなそうかとおもいました。けれど、いつものように、てんぐざけをのんで、よっぱらっているおとうさんのまえでは、どうしてもはなせませんでした。あした、おとうさんがでかけていったら、おかあさんにそっとはなそうとおもいました。おかあさんは、みみたろうのはなしをしずかに、やさしくきいてくれるだろうし、きっと、おとうさんにはないしょにしておこうね、といってくれるだろうとおもいました。

みみたろうは、ねるまえに、てんぐの子どもたちとあそんだ、きょうのことをおもいうかべ、たのしかったなあと、ちいさくこえにだして、いいました。それから、まくらもとに手をのばし、はるの空をいっしょにとびまわった、じぶんのてんぐのうちわを、そっとなでてから、ねむりました。

こんなみみたろうは、それからどうなったのでしょう。……そう、みなさんのおもったとおり、みみたろうはなべわり山にもどって、てんぐの子どもたちといっしょにくらしたそうですよ。そして、みなさんのおじいさんたちは、子どものころ、なべわり山で、てんぐ小がっこうの空(そら)をとんでいるみみたろうのすがたを、なんどかみたことがあるそうですよ。こんど、きいてみてくださいね。

（おわり）

なべわり山のてんぐ

みなさんの、おとうさんのおとうさんが、まだ子どものころのおはなしです。

大山（おおやま）のふもとの村（むら）に、まだ六さいの、サトルくんという子どもがいました。

まだ、そのころは、ようちえんはなくて、サトルくんは、らいねんのはるから、小（しょう）がっこうにあがるよていでした。

なつがおわって、そらのくもがスイスイとながれてゆくような、きもちのよいごごでした。

サトルくんは、おじいさんやおかあさんといっしょに、たんぼにでて、くさとりをしていました。

いねのほも、実（み）をつけて、もうすぐいねかりがおこなわれるころでした。おじいさんとおかあさんが、いねのれつのあいだにしゃがみこんで、せっせとくさむしりをしています。

おとうさんは、というと、せんそうからかえって、こくてつ（いまのジェイ・アール）につとめていました。いつもあさはやく、いえをでて、よるおそくかえってくるのでした。

さて、サトルくんは、おかあさんのそばで、くさむしりのてつだいをしています。でも、いねのれつのあいだは、とてもむしあついのです。そのうえ、くさむしりもずっとしゃがんでばっかりで、おなじどうさをつづけるだけなのです。サトルくんは、すぐにあきてしまいました。

サトルくんは、フーとか、ウーとか、おかあさんにきこえるように、ためいきをついています。そのうちに、おかあさんも、しようがないねえ、というかおをして、

「サトル、くさむしりはもういいから、むこうへいって、あそんでおいで」

といいました。

「うん」

サトルくんは、げんきなこえでこたえます。

「あんまり、とおくへいくんじゃないよ。川のむこうには、てんぐがいるからね」

おかあさんのこえを、せなかでききながら、かわらのほうへと、おりてゆくのでした。


くさぼうぼうのさかみちをおりて、サトルくんは、「さんきょうがわら」というなまえの、へんなかたちの石(いし)がゴロゴロころがっているかわらにやってきました。

サトルくんは、このかわらにきたときには、いつもすわる、ひらたい石にこしかけました。

その石は川のながれにつきでていて、ぶらぶらおろしたあしが、ひんやりします。

あんまりきもちよくて、あしをふっているうちに、

「あっ」

と、こえをあげました。

ポチャ、とおとがして、サトルくんのズックが、かたほうおちてしまったのでした。おにいちゃんのはいていたズックをもらったのでしたが、サトルくんには、まだすこし大きいのでした。サトルくんは、バッとたちあがると、ひらたい石のうえにのびあがるようにして、ズックのながれてゆくほうをみています。

サトルくんのあたまのなかには、おかあさんのおっかないかおが、ムクムクとふくれあがってきました。あったかい、あきの日のはずですが、つめたいかぜが、ビュービューしんぞうにふいてくるようなきがします。おでこのはしっこが、キイキイへんなおとをたてて、いたくなりました。……

おーい、おーい。……

どこかで、こえがします。

おーい、おーい。……

川のながれるひびきにまざっていますが、だれかが、サトルくんをよんでいるようです。

じっとしゃがみこんでいたサトルくんは、目をあけました。さっきのあたまのいたみは、きえています。

そのときです。川のむこうのはやしから、

ブワッ！

と、かぜのかたまりが、ふきつけてきました。サトルくんはよろけて、石のうえにしりもちをつきました。

つづけて三かい、ブワッ、ブワッ、ブワッと、サトルくんのほっぺたをふきつけてきました。

サトルくんは、ハッとして、あたりの木のえだをみまわしました。

てんぐだ……てんぐのウチワだ……。

こころのなかで、つぶやきました。わるい子がいると、てんぐがうちわで、かぜをおこして、なべわり山へふきとばしてしまうぞって、おとうさんがいっていたことを、サトルくんはおもいだしたのでした。

はやく、にげだそうとおもいました。なべわり山のむこうへふきとばされるまえに、はやく、おかあさんのいるたんぼへ、もどらなければなりません。

サトルくんは、じぶんのたっている、たいらな石のうえから、あしをふみだしました。

「いたいっ」

おもわず、こえをあげました。ズックをなくした、ひだりのあしをふみだしたら、じめんにちらばった木のえだのかけらが、あしのうらをさしました。

たいらな石のうえにすわりこむと、どうぶつえんのおさるさんのようなかっこうで、あしのうらを、のぞきこみました。血はでていませんでしたが、ヒリヒリします。こまったなあ……。サトルくんは、つぶやきました。
そのときです。
ペタッと、すぐちかくで、おとがしました。
ふりむくと、そこには、川におとしたはずのサトルくんのズックが、おかれているではありませんか。サトルくんは、いそいでズックを手にとりました。それは水でぐっしょりぬれていましたが、うれしくて、すぐにズックをはきました。
それから、バッとたちあがると、まわりをキョロキョロと、みまわしました。
だれが、とどけてくれたんだろう……。
そのとき、また、
ブワッ、ブワッ、ブワッ
と、かぜのかたまりが、むこうの川ぎしから、なげつけられてきました。
そして、空のどこかにひびくように、
ワッハッハッハ、ワッハッハッハー
というわらいごえが、おこりました。かぜがふき、わらいごえがひびきます。
ブワッ、ブワッブワッ、ワッハッハッハー
ブワッ、ブワッブワッ、ワッハッハッハー
サトルくんは、ちいさなからだをいっぱいにそらして、かぜのながれてゆく空をみあげました。

それから、かけだしました。川ぎしのやぶをかきわけて、上のたんぼへむかって、ほそいみちを、かけあがってゆきます。ぬれた土にズックがすべって、つんのめりそうになりましたが、えいっとちからをいれて、がまんしました。

そのとき、サトルくんは、ふと、なにかがきこえたようなきがして、ふりかえり、川ぎしをみおろしました。

なにか白いものが、目のはじっこをうごきました。川のむこうぎしのほうです。

それは、ほんとうにいっしゅんでした。白いシャツをきたおとこのひとが、たしかにサトルくんのほうをみて、ちらっと手をふると、すぐにはやしのかげにかくれてしまいました。せんそうがおわって、むこうぎしに、いえをたてて、すんでいるひとでしょうか。

たんぼにもどると、おかあさんが、あたまの白いてぬぐいをとって、あせをふいているところでした。

「サトル、おそいじゃないか」

おかあさんは、ちょっぴりきつく、いいました。

「川にズックが、おっこちちゃって」

おかあさんは、サトルくんのあしを、じっとみました。

「じぶんで、ひろったのかい」

「ううん、ちがうよ」

「だれかに、ひろってもらったのかい」

サトルくんは、だまりました。

「だれに、ひろってもらったんだい、しらないおじさんじゃないだろうね」

「ううん、なべわり山のてんぐにひろってもらったんだよ」

サトルくんは、そうこたえて、まだヒューーヒューーとかぜのおとのする、とおくの空をながめました。


（おわり）

きつねのほこら

みなさんの、おとうさんのおとうさんが、子どもだったころのおはなしです。

ようちえんが大山（おおやま）のふもとの小（しょう）がっこうのそばにできて、タカシくんの村（むら）からも、みんなあるいてかよいます。タカシくんもとなりのおとこの子と、そのとなりのおんなの子といっしょに、きんじょの五ねんせいのおねえさんにつれられて、まいあさかよいます。

バスどうろのはしっこを、いちれつになって、まっしろいズックをはいて、テクリ、テクリとあるいてゆきます。

ようちえんのおわるのが、おひるころ、かえりみちは、みんなバラバラです。ようちえんのみずいろのうわっぱりをきて、山のふもとのようちえんから、さかみちを、いえへとかえってゆきます。

きょうはタカシくんは、おなじ村のゴン太（た）とかえります。

ふたりがあるいていると、すこしまえのところを、おなじくみのタローがあるいていました。

「あっ、タローくんが、まがったよ」

タカシくんは、こえをあげました。

「あっちは、おいなりさんの、きつねのほこらだよ。あとをつけてみようぜ」

ゴン太はいいました。

タカシくんとゴン太は、バスどうろから、キュルリとちょっかくにまがって、たにまのみちへと、はいってゆきました。

たにまのみちは、りょうがわに、モクモクと木のしげみがもりあがり、くらい、ほそいみちです。

もうすぐ、たに川にたどりつく、そのてまえのさかみちに、こんもりとした森がありました。

「あの森のなかのほこらに、きつねのようかいが、すんでいるんだよ」

タカシくんは、ゴン太のかたに、かおをよせて、ささやきました。

ゴン太はだまったまま、こくりとうなずきました。このゴン太は、からだが大きいわりに、ほんとうはおくびょうなのを、タカシくんは、しっているのです。

さて、きつねのほこらにちかづいたタローは、どうしたのでしょう。タローは、たにぞこの、きつねのほこらのまえで、しんとたちどまりました。そして、キョロキョロまわりを、みまわしてから、すっとほこらの森にはいりました。

「はいったよ、はいったよ」

そういいながら、タカシくんとゴン太は、バタバタとかけてゆきました。かたにかけた、きいろい、ようちえんカバンが、いぬころがじゃれるみたいに、とびはねます。

ほこらのまえにたって、ふたりは、こしをかがめて、なかをのぞきこみます。

なかは、くらやみが、いっぱいつまっています。くうきも、つめたいようです。

「なかに、はいってみようか」

タカシくんは、ゴン太のかおをみました。

「きょうは、やめておこうよ」

ゴン太は、いいました。

「そうしよう」

タカシくんも、すぐにそういいました。

ふたりは、そのまま、たに川にかかった木のはしをわたり、いえにかえりました。


さて、つぎの日です。タカシくんとゴン太は、おなじ、さくらぐみのタローがきていないのに、きがつきました。

「タローくんは、コンコンせきがでて、きょうはおやすみだそうです」

さくらぐみのミチコせんせいが、いいました。

「コンコン、コンコン、きつねみたいだね」

タカシくんは、よこにならんでいたゴン太にささやきました。

「タローのやつ、きつねになっちまった」

ゴン太は、おもしろそうにわらいました。

そして、その日のかえりみちです。

タカシくんとゴン太が、バスどうろをあるいていると、まえをあるいていたジローが、キュルリとまがりました。

「あっ」

タカシくんとゴン太は、どうじに、こえをあげました。

そうです、おなじさくらぐみのジローが、おいなりさんのほこらのある、たにまのみちへとまがったのです。

タカシくんとゴン太は、もう、あとをつけてゆくしかありません。

ジローも、きつねになっちゃうかな。

タカシくんは、そうおもいながら、でも、だまってあるいてゆきます。ゴン太もだまったままです。ふたりとも、はやあしで、たにまのみちへおりてゆきます。ジローは、からだはちいさいのですが、とてもすばしっこいのです。

やがてジローは、おいなりさんの森のまえにやってきました。そして、あしをピタッととめました。

タカシくんとゴン太は、きのうとおなじように、とちゅうにある、いっぽん松（まつ）のかげにかくれ、じっとジローをみます。

ジローは、キョロキョロとあたりをみまわすと、すっとほこらの森にはいりました。

「はいったよ、はいったよ」

タカシくんとゴン太は、バタバタとかけよりました。みちばたから、ほこらのいりぐちをのぞきこみます。

「ジローは、みえるかい」

タカシくんのうしろから、ゴン太がこえをかけます。

「いないよ、どこにもみえないよ」

でも、タカシくんのこえも、ちょっぴりふるえるようです。

「きょうは、なかへはいってみようか」

タカシくんは、ふりむいてゴン太のかおをみると、じっとみつめたまま、いいました。

「うう、うーん」

ゴン太が、へんなうめきごえをあげました。

「よし、はいるよ」

タカシくんは、ゴン太のおおきい手をつかむと、ズックのそこでじめんをふみしめ、ズイズイッとまえへふみだしました。ゴン太はよろよろとひっぱられてゆきます。

おいなりさんのほこらのいりぐちは、ひらたい石をあつめてつくったような、ちっちゃなかいだんになっています。

その石にあしをのせると、コンときつねのこえが、きこえたようなきがしました。

かいだんをあがり、木のしげみのあなをくぐります。そして、あかくぬられた、とりいをくぐりました。

おくのほうに、おいなりさんのほこらがみえます。ふるびた、くろいかべで、ちょうどタカシくんのいえにとどいたテレビ（はじめてかったテレビです）のダンボールばこくらいの大きさです。からになったダンボールばこにはいって、ふざけて、おとうさんにしかられたことを、おもいだしました。

「ジローは、どこへいったんだろう」

ゴン太はおちついたのか、まわりをみながらいいました。

「おおい、ジローくーん」

タカシくんは、こえをすこし大きくだして、よびました。

「おおい、ジロー！」

ゴン太も、まわりをかこんだ木のしげみを、キョロキョロみながら、よびかけます。

あたりは、シーンとしています。

森のたかいところのえだが、ザワザワッと、かぜにゆれました。

それから三かい、タカシくんはジローのなまえをよびましたが、やっぱりジローはどこにもいませんでした。

　タカシくんとゴン太は、しかたがないので、いえにかえりました。


　そして、つぎの日です。

　ようちえんにきてみると、ジローはおやすみでした。

「ジローくんは、どうしたの」

　タカシくんは、ゴン太といっしょに、さくらぐみのミチコせんせいにたずねました。ミチコせんせいは、テーブルに花（はな）をかざっているところでした。

「じつは、ジローくんね、おかあさんのけっこんしきにでるために、きのうから、となりのけんへ、いってしまったのよ」

「えー、ジローくんのおかあさん、またけっこんするの」

　ゴン太が、すっとんきょうなこえをだしました。

「ええ、そうよ。おとなには、いろいろあるのよ」

　ミチコせんせいは、ちょっとしゃべりすぎたかな、というかおをみせると、かざりきれなかった花をかかえて、ろうかへでてゆきました。

「ジローくんのおかあさんが、けっこんしきだって」

ゴン太が、おもしろそうにいいました。

「ジローくんのおかあさんは、きつねのよめいりだよ」

タカシくんがいいました。このまえ、うちのおばあさんにおしえてもらったことばです。

「そうだよ、きつねのよめいりだよ」

ゴン太もそういうと、ふたりはクスクスわらいました。

さて、その日のかえりみちです。タカシくんとゴン太のまえをあるいていた、おんなの子が、キュルリときつねのほこらのみちへ、まがりました。

「また、まがったよ。こんどは、おんなの子だよ」

「あれは、ヨシ子だよ。ゆうびんポストのよこの、アパートにすむヨシ子だよ」

「町の子、だね」

ゴン太が、ボソッとつぶやきました。

「そうだよ、きょねん、とかいからこの村に、ひっこしてきたんだよ」

「町の子が、きつねのほこらにいくなんて、なまいきだね」

「そうかな……」

タカシくんは、ゴン太のはなしかたが、ちょっといやで、口をとじました。

じつは、タカシくんは、ヨシ子ちゃんとなんかいか、いえであったことがあるのです。タカシくんのおかあさんと、ヨシ子ちゃんのおかあさんが、しりあいで、ヨシ子ちゃんのおかあさんが、ヨシ子ちゃんをつれて、あそびにきたことがあるのです。……でも、このことは、ゴン太には、ないしょのひみつでした。

（ヨシ子ちゃんは、ゴムとびが、うまいんだよ）

タカシくんは、ゴン太にそういいかけましたが、ゴクリとくうきをのみこみ、いいませんでした。

おんなの子たちが、スカートをひらひらさせながら、たかくはられたゴムいとを、じょうずにとびこえるあそびがあります。そのゴムとびを、タカシくんは、いえのにわでヨシ子ちゃんとやったことがあるのです。とびこえたとき、クスリとわらうヨシ子ちゃんのかおを、タカシくんは目のまえにうかべました。

さて、ヨシ子ちゃんのあとを、タカシくんとゴン太は、ソロリソロリとついてゆきます。

きょうは、あさからくもり空(ぞら)でしたが、たにまへつづくみちは、さっとつめたいくうきがながれてきて、ゆうがたのようにくらくなってきました。

きつねのほこらの森がみえてきたとき、タカシくんのほっぺたに、つめたいものがくっつきました。

「雨(あめ)、ふってきたね」

タカシくんは、てのひらをうえにむけました。

「だいじょうぶだよ、てんきよほうは、わるくなかったよ」

ゴン太が、空をにらむようにして、いいました。

たしかに、すいてきが、十びょうに一かいくらい、てのひらにかかるだけです。

でも、ザワリ、ゾワリと、かぜがでてきました。きつねのほこらの、くろい森がゆれています。

「あのヨシ子は、ほこらに、はいるかな」

ゴン太が、タカシくんのみみに、口をちかづけていいました。

タカシくんは、だまったまま、じーっとヨシ子ちゃんのうしろすがたをみています。

ヨシ子ちゃんは、きつねのほこらのまえまでくると、足をとめました。そして、森のいりぐちをのぞきこむと、せなかをかがめて、スルリとなかにはいりました。

「はいったよ、はいったよ」

ゴン太は、こえをあげました。そして、タカシくんの手をひっぱるようにして、かけだしました。タカシくんも、だまったまま、はしります。

ふたりは、ほこらの森のいりぐちに、たちました。

「はやく、はいろう」

ゴン太は、森のなかをのぞきこみながら、いいます。

タカシくんは、どうしようかなあ、とおもいましたが、ゴン太にぐいっと手をひっぱられて、ほこらの森にはいってゆきました。

「あっ、ヨシ子ちゃん」

おもわず、タカシくんは、こえをあげました。

ずっとおくのほうに、きつねのほこらがあります。そのほこらのたてもののうらがわに、いま、ヨシ子ちゃんがきえてゆこうとしているのです。

「おーい、まてえー」

ゴン太は、タカシくんの手をはなして、はしりだしました。

タカシくんも、まけずにかけだしました。

そのとき、まえをゆくゴン太が、じめんにはいでた木の根(ね)っこにつまずいて、バタリとたおれてしまいました。

タカシくんは、そのゴン太のうえをバッととびこえて、ほこらのたてものに、ちかづきます。

そして、うらがわにかくれようとするヨシ子ちゃんの手をつかもうとしました。

ヨシ子ちゃんの手の赤いそでが、目にはいってきました。そして、その、ちっちゃな、つめのきれいな手をつかもうとしましたが、からぶりでした。タカシくんの手は、ほこらのひんやりしたくうきを、つかんだだけでした。

いそいで、たてもののうらがわに、まわってみました。

だれも、いません。

きみょうにとがった石のかけらが、ほこりをかぶって、いくつかころがっているだけでした。

ヨシ子ちゃんは、どこにいってしまったのでしょう。タカシくんは、ヨシ子ちゃんの赤いそでが、まだちかくにみえるようなきがして、キョロキョロとみまわしていました。

ゴン太がおきあがって、ふくのどろをはたきながら、ちかづいてきました。

「ヨシ子のやつ、どこへいったんだ」

ゴン太は、すこしおこったように、いいました。

「うん、また、いなくなっちゃった」

「ほんとうに、どうなってんだ、このきつねのほこらは」

ゴン太は、ほこらのうらがわにまわって、いろいろしらべています。

そのときです。まわりに、バサバサッとすごいおとがおこって、ほこらの森のてっぺんが、ワッサワッサとゆれました。

そして、ザザザーッと大きな雨のつぶがおちてきました。

「うわあ、たいへんだ」

タカシくんとゴン太は、ひめいをあげて、木のしたに、にげこみました。

もういちど、つよいかぜがふきつけ、ゴロリゴロリと空の上でおとがしました。ふりつづく雨のせんがまげられて、木のしたのふたりの手やひざこぞうをぬらします。

そのとき、バタンバタンと、おとがしました。みると、ほこらのたてもののとびらが、かぜにあおられて、あいたりしまったりしています。

タカシくんとゴン太は、いきをとめて、みています。ふたりとも、こえがだせません。ふたりの目は、おおきくみひらいたままです。

ふたりの目には、ほこらのくらやみのなかに、あおじろくもえる、ふたつの火がみえています。つめたい、こおりのような火は、ふきつけるかぜにゆれて、いきもののように、のびたりちぢんだりしています。

そのときでした。あたりいちめん、まっしろなひかりにつつまれ、
ガラガラ、ダダダーン！

と、空がこなごなにくずれたような、ものすごいひびきがおそいました。

「わああー」

タカシくんとゴン太は、あたまをおさえて、そのばにしゃがみこんでしまいました。


どのくらいたったのでしょうか。

タカシくんは、おそるおそる目をひらきました。

雨はやみ、木のしげみから、ポタリポタリとすいてきがおちています。

そばにしゃがんでいたゴン太も、ガサゴソとからだをうごかし、目をひらいたようでした。

「雨は、やんだね」

タカシくんは、すいてきがキラキラひかる木のしげみをみまわしながら、いいました。

ゴン太は、きつねのほこらにちかづくと、のぞきこむようにしゃがみました。

「やめたほうがいいよ、ゴン太くん」

タカシくんは、いいました。

「あの、ほこらのなかの火は、なんだったのかな」

ゴン太が、タカシくんをふりかえりました。

「このほこらには、なにかがいるよ。ちかづかないほうが、いいよ」

「そうか……」

ゴン太は、ちょっぴり、つまらなそうなかおをしました。

「もう、かえろうよ」

そういってタカシくんは、ほこらのでぐちへ、あるきはじめました。ゴン太も、だまって、ついてきます。

いしだんをおりているとき、またザワッと、森をゆするかぜが、ふきつけてきました。

タカシくんのあたまのうえで、えだがゆれ、バラバラとすいてきがおちてきました。タカシくんはそのとき、森からたにまのほうへ、なにかこだまのようなひびきが、とおざかってゆくのを、かんじました。そして、さっき、ほこらのあおじろい火をみているときのことを、おもいかえしました。いなずまがひかったしゅんかん、ほこらのなかがまっしろにてらされ、そこに、はながとがり、口がするどくさけた、ようかいのかおが、みえたのです。こわくて、ゴン太にはいわなかったのですが、タカシくんは、もうはやく、うちへかえりたくなっていたのでした。

さて、つぎの日です。ようちえんにいくと、ヨシ子ちゃんがいませんでした。ゴン太が、さくらぐみのミチコせんせいに、ヨシ子ちゃんのやすみのわけを、きいているようでした。タカシくんは、なんとなく、ゴン太ともはなれてあそびました。

さくらぐみのみんなが、かえりのかいに、あつまったときでした。ミチコせんせいが、みんなのかおをしっかりとみて、いいました。

「ヨシ子ちゃんは、おとうさんのきゅうなおしごとで、とおくのまちへひっこすことになりました」

みんなは、エーッと、こえをあげましたが、タカシくんは、じっとだまっていました。

いえへかえって、タカシくんはおかあさんに、ヨシ子ちゃんのことをききました。ほんとうに、とつぜんのことでねえ、おかあさんともなかよしになったのにねえ、といっただけでした。

それからのタカシくんは、小がっこうの一ねんせいにあがるまで、ゴン太にさそわれても、きつねのほこらへゆくことは、ありませんでした。

（おわり）

後記

本書は、丹沢山麓・童話集としては『とどろく谷の怪獣』（平成十九年）についで二冊目の上梓となる。思えば、十年の歳月が経ってしまった。

このたびの童話作品には、天狗や河童、ガマガエルなど、人間以外の存在が多く登場する。表題となった、なべわり山のふうたろうも、天狗の子である。それも、少々やんちゃな天狗の子である。河童の子もしかり。また、登場する人間の子どもも、いわゆる、おりこうさんタイプとはちがうだろう。さらにまた、ガマガエルのごんすけじいさんや、とどろく谷のだるまは、私の旧友のようなもので、言い知れぬ親しみを感じる。ともかくも、丹沢山麓に暮らし、丹沢の山気を吸いながら、自由に、心のおもむくままに書いた結果である。

丹沢山麓は、南関東にあって、やはり牧歌的な風土であると思う。この丹沢山麓から生まれる文学の語り部でありたいと思い定めたのは、いつのことだったろうか。今後も丹沢南麓のとどろく谷の傍らに住みつづけ、雲の流れを見上げながら、少しずつ書き、日を送りたいと思っている。

終わりに、表紙・挿し絵を担当してくださった西巻一彦氏に感謝申し上げるとともに、このたびも『とどろく谷の怪獣』に引き続いて出版の労をとっていただいた夢工房社主・片桐務氏に深く御礼申し上げたい。

平成三十年二月十日

山田吉郎

丹沢山麓・童話集 2

なべわり山のふうたろう

定価　本体九〇〇円＋税
発行　二〇一八年四月十日　初版発行

著者　山田吉郎©
〒257-0028　神奈川県秦野市東田原一
TEL（0463）81-1088

制作・発行　夢工房
〒257-0028　神奈川県秦野市東田原二〇〇-四九
TEL（0463）82-7652　FAX（0463）83-7355
http://www.yumekoubou-t.com
2018 Printed in Japan
ISBN978-4-86158-080-2　C8093 ¥900E